KB102728

영혼의　도장

영혼의 도장
류종민 시집

초판 인쇄 2020년 06월 25일
초판 발행 2020년 06월 30일

지은이 류종민
펴낸이 신현운
펴낸곳 연인M&B
기 획 여인화
디자인 이희정
마케팅 박한동
홍 보 정연순
등 록 2000년 3월 7일 제2-3037호
주 소 05052 서울특별시 광진구 자양로 56(자양동 680-25) 2층
전 화 (02)455-3987 팩스 (02)3437-5975
홈주소 www.yeoninmb.co.kr
이메일 yeonin7@hanmail.net

값 10,000원

ISBN 978-89-6253-489-4 03810

영혼의 도장

류종민 시집

영혼의 도장은 영안(靈眼)만이 볼 수 있다
영인을 보러 온 수많은 영혼들이 하나의 인감을 본다
자신의 시작과 끝이 함께 찍힌 인감을
이 인감은 세상이 필요로 할 때 그의 전 생애가 된다

연인M&B

보이는 세계의 근본은 보이지 않는 세계에 있음으로
시인은 드러나지 않는 세계의 배후를 보이는 세계로 이끌어 낸다.
그러나 그것은 보이지 않는 말 속에 숨어 있음으로
그것을 볼 수 있는 눈은 각자에 따라 다를 것이다.
하늘의 눈은 사람의 눈을 통해 그곳에 닿음으로
영혼의 눈은 보는 만큼 보인다.
시인의 노래도 그와 같다.

2020년 5월
지강정사에서
류종민

| 차례 |

시인의 말   4

1부

삼매

삼매(三昧)   12

불명(不明)   13

정시(定時)   14

감악산에서   15

소리를 보다   16

인왕산(仁王山)   17

북극성   18

난파선   19

암중모색   20

은하수   21

목감기   22

적광(寂光)   23

그곳을 보아라   24

나이테   25

천년목   26

너는 누구냐   27

휴정(休靜)   28

빈 의자 30

자맥질 잔상 31

심곡에서 32

향적봉에서 33

순간의 영상 34

천년의 과녁 35

리우 올림픽 36

삼바 37

아이스링크 38

어드벤처 39

비눗방울 40

내장산 41

무창 42

구문소에서 43

명작 44

자코메티에 부쳐 45

2부

빈
의
자

3부

영혼의 도장

영혼의 도장	48
영혼의 집	50
무술년 세계사에서	52
사인암(舍人岩)	53
태종대에서	54
회억	55
물의 영혼	56
자화상	57
사리탑에서	58
마지막 얼굴	59
영혼의 힘	60
석이(石耳)버섯	61
소꿉놀이	62
슈만에게	63
손 장갑	64
발	65

둔촌 선생   68

잊혀진 개화   69

무릉계곡에서   70

삼화사에서   71

정동 바닷길   72

아차산(莪嵯山)   73

반개(半開)   74

고령의 비문   75

미지   76

멀대   77

청 보리밭   78

은행잎 단상   79

주형   80

연평해전에 부쳐   81

평창 올림픽   82

4부

무릉계곡에서

5부

**면
동**

십이지	84
조물(造物)	85
후광	86
매화 송	87
딕소에서	88
노르웨이 피요르드	89
빙석	90
툰드라	91
낯선 꿈을 꾸다	92
구름의 소리	93
알함브라의 분수	94
엔리케 왕자에 부쳐	95
발칸에서	96
호접몽	98
각질	99
귀일	100
면동	101

1부

삼매

삼매(三昧)

고요한 적정 속
한가운데 솟아오르는
환희의 나무
세상 그 어느 것과도
비교할 수 없는 너는
투명의 잎으로
팔랑이며
나의 모든 세계를
떨게 만든다

불명(不明)

아 아, 그곳은 이리도 멀고 멀구나
아무도 찾은 길 없는
그곳에 있는 당신
보이지 않는
육신으로
끝없이 걷고 있지만

정시(定時)

보아라 정시가 왔다
분침과 초침이 정시에 닿는 순간
세상은 멈추고 간(間)은 없다
움쩍 않고 산은 버티고 섰고
끝없이 때리던 파도도 죽었다
바위는 말이 없고
당신의 귀는
들은 바 없구나

감악산에서

출렁다리 건너
감악산 전망대 오르니
감악 까막하고
하늘에서
태양의 신
까마귀 우는 소리
서방정토 무량한 빛 속으로
사라지고 있었네

소리를 보다
—휴휴암에서

관세음께서는 세상의 소리
비추어 보고 계신다
고통의 소리
분노의 소리
기쁨의 소리
신음하는 소리
미치광이의 소리
울부짖는 소리
물 흐르는 소리
바람 부는 소리
철썩이며 포말로 부서지는
세상의 파도 소리

비추어 보는 소리
듣지 못하는 내 귀는
고장난 눈을 수리하고 있다
이 밤에 깨어 보지 못하는
내 눈을 수리하고 있다
아름다운 소리
가을 하늘 높이 울리고 있건만

인왕산(仁王山)

하늘과 맞닿은 능선의 바위와 소나무가
성곽 따라 경복궁을 내려다보며 지키고 있다
깊은 계곡에는 호랑이 한 마리 살았을까
알지 못할 기운이 감도는 곳에
옛 선인의 장풍이 인다
바르지 못한 심성을 주먹 들어 펴는
성벽에는 인왕(仁王)의 부릅뜬 눈이 숨겨져 있다
우리 임금님 행여 잘못된 길을 가실까 봐
지난 꿈이 아닌 정오에 따가운 햇살을
광화문(光化門)에 쏟아붓고 있다

북극성

중심에 서 있는 별
일곱 형제와 일곱 아들이
떠나지 않고 돈다
허망한 바다에서
오직 믿을 수 있는
하나의 당신
돌고 도는 항해를 멈추고
당신을 바라보는 눈은
잊어버린 항구를 그린다
떠나온 항구를
당신만이 알고 있다

난파선

망망대해에 조각난 난파선
파도와 바람은 거세고
멀리 불 하나 보이지 않네
캄캄한 이 밤을 지새고 나면
구원의 등불 나타날까
새들은 어디로 가고
누구 하나 옆에 없구나
꿇어앉아 두 손 모으고
하늘에 절할 수밖에
하늘에 한 점 부끄럼 없다면
그대는 해안에 도착하리
혼절한 그대 영혼 죽었다 살아나면
세정된 두 손을 잡아 주리
삶 속에 죽음이 있고
죽음 속에 삶이 있나니

암중모색

칠흑 같은 캄캄한 밤에
한 줄기 빛이 있으면
그것은 곧 구원이니
이 동굴은 빛으로 살아나리라

빛으로 된 눈이 있어
이 칠흑의 밤은 두렵지 않다

만져지고 만져지지 않는 세계
눈으로 볼 수 없는 세계가 있어
이 동굴은 나갈 수 있다

생명의 불을 켜고
어둠의 자식들을 비껴
한사코 빛의 문에 닿을 수 있다

은하수

은하의 물은 방향도 없이 흐른다
중천을 한 바퀴 돌아
보는 이의 눈이
눈 박힌 곳에
빛나는 웅덩이로 고여 있다
그 물은 오늘도 불멸의
생명을 먹여 살린다
지상의 생명은
그 빛의 그림자다

목감기

꾸짖는 마음이 목에 걸려
컹 하고 나오는 것이 목감기인가
세상의 공기 중에 꾸짖는 마음이
많이 떠돌면 목감기 걸리기 쉽다고
그 마음 들여다보니 일러 주시네

네 탓이요
네 잘못이요
끊임없이 컹컹대는 소리
동네 개가 다 짖는다
그러지 마시라 영장이여
목감기 걸리지 마시라
뇌성벽력의 하늘이 보고 계신다

적광(寂光)

고요한 빛은 석양을 깔고
새벽이 오는 어둠 속에 번진다

모든 소리가 다 잠든 한밤중에
고요한 빛만 깨어 눈뜨고 있다

살아 있는 모든 생명과 함께
숨 쉬는 고요한 빛은
돌아갈 아득한 고향을 비춘다

그곳을 보아라

그곳을 보아라
한 점 까맣게 일어나
바람을 일으키는 그곳을 보아라

이 백자의 물이 흔들리지 않는
견고한 깊이로 너를 비쳐 보는
그곳을 보아라

사라져 버린 구름과 바람이
너를 흔들지 못하는
그곳을 보아라

한 모금 추길 수 없는 물이
투명의 몸으로 화해 있는
그곳을 보아라

무엇으로도 바꿀 수 없는 허공에
네가 점찍은 보석이 무가(無價)의
빛으로 얼룩이고 있는
그곳을 보아라

나이테

시간은 둥글게 돌아간다
한 바퀴 돌아 제자리에 오면
또 봄이 온 것이고
나무는 둥근 한 줄을 그을 뿐이다
시간이 간다고 하지 마라
시간은 제자리로 돌아오는 것이다
다만 둥근 선 하나가 생겼을 뿐
사람은 둥근 선을 그을 줄 모른다
겨우 직선 위에서
새알 하나를 먹을 줄 알 뿐

천년목

죽어 천년 살아 천년
발왕산 정상의 나무
안개 속에 반은 죽고
반은 살아 있네

가고 오는 사람
다시 천년 뒤에
살아나는 생명으로
전할 말이 있다 하네

너는 누구냐

내 모양을 하고 있는 너는 누구냐
어디서 많이 본 듯한데
너는 나를 모르고
나는 너를 알 수 없다
너는 내 이름을 쓰고 있지만
지금 이름은 원래 내가 아니다
이름 없는 내가
그 이전에 있긴 했지만
지금의 너는 그를 알 수 없다
문득 거울에 비쳐
나인 양 얼룩이는 너는 누구냐
수없이 꾸며 대며
나인 양 행세하지만
너는 내가 될 수 없다
원래의 나는 모양이 없으니까

휴정^(休靜)

이명이 죽고 정적이 찾아왔다
그곳에 난동은 없었지만
이 고요는 적멸이 아니다
언제 솟구칠지 모르는 간헐천이
쉬는 동안 누가 안식을 하겠는가

투명의 보를 펼쳐
평정이 숨겨 둔
그대 속 창고를 뒤져 보아라
숨기지 말고 들어내
낱낱이 정오의 햇살에 증발케 하라

2부

빈
의
자

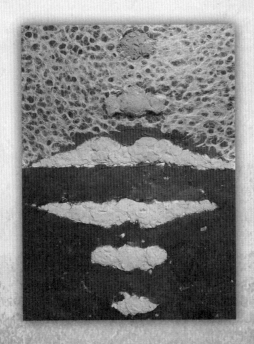

빈 의자

빈 의자 위를 비추는 보름달
살아 있는 모든 이들이
한번쯤 앉아 보는 빈 의자
거기 누가 앉아 있을 때는
앉을 수 없네
앉은 사람이 임자는 아니지만
잠깐은 그 사람이 임자네
그가 떠나고 나면 누가 앉아도
그 자리 임자
모든 사람이 임자이고
그 누구의 자리도 아닌 빈 의자
공허한 그 자리에
달빛이 쏟아지네

자맥질 잔상

가 버린 사람은 알지 못하니
남겨진 잔상은 지워지지 않는다
그대 한번쯤 세상에 왔다가
무엇으로 그린 그림 누가 알랴만
흰 벽은 그대로 있고
눈에 그린 그림만 자맥질하네

심곡에서

흐르는 물 따라 좇아간
발자국 없는 깊은 계곡에는
정오의 햇빛만 물속에 반짝인다
세상의 때 모두 씻긴
두꺼운 발바닥
간질이는 햇살에 녹아
내 그동안 잊었던 비망록을
물속에서 꺼내 다시 읽는다

향적봉에서

육신의 껍데기가 죽고
정신의 향불로 살아나면
사방으로 달리는 산맥들이
꿈 깨어 눈뜨고 바라보리

한번 옷을 갈아입는 것이
한생인데
눈 덮인 산은
몇 생을 살까

순간의 영상

모든 순간은 사라지리라
고통도 기쁨도 지나가리라
오래 각인된 것은
허공의 이름 꽃일 뿐
지나간 순간은 그곳에 없다
유리에 그려진 무지개
용암에 녹은 주형은
같은 것을 찍어 내지 못한다
순간의 찬란한 꽃이
설산 위에 피었다 해도

천년의 과녁

큰활 쏘던 동이 민족
숨죽이고 집중하니
과녁의 중앙이 그냥 뚫리네
누가 있어 동이의 이 핏줄을
모른다고 부인하랴
양궁 메달을 놓고
천년을 실어 활시위에
전이된 기운 아직도
과녁에서 파르르 떤다

리우 올림픽

리우의 예수상이
올림픽 개막의 쏟아지는
축포를 내려다보고 있다
유리 거울에 비쳐 돌아가는
성화가 타오르는 밤하늘
수억의 눈을 비춘다
가이아 지구별에 오늘 추는
삼바 춤은 아픈 인고 끝에
여기 모인 인종들을 위로한다
다섯 대륙의 동그라미
서로 얽혀 멋진 기록 쏟아내라
갸륵한 인간의 경기여

삼바

세상을 흔들어 돌게 하는 춤
사시나무 떨 듯 쉬지 않는다
북치는 손이나 발이나
뼈를 녹인 허리나
지진에 진동하듯 선반 위
미끄러지는 음율 따라
깃털 달린 공작이 된다
휘황찬란한 바람이
한바탕 불고 간 후
연착륙한 깃털 하나
멀리도 찾아왔네

아이스링크

어른 아이 할 것 없이
미끄러지며 돌아가는 회전
신나고 흥겨운 가락으로
율동의 소용돌이는 쳇바퀴가 된다
뒤뚱거리는 오리는 비켜라
바람으로 질주하는 재규어
둥근 원반이 아니라면
벌써 호수의 끝에 닿았겠다
시작도 끝도 없는 원무가
경종이 울리기까지
시간 가는 줄 모른다
설원의 바람을 가르지는 못해도
한여름 속 겨울은 좋기만 하구나

어드벤처

급류를 타고 부딪칠 듯
미끄러지는 배에는
아이의 눈이 동그랗다
반쯤 하늘로 치솟아
떨어지는 배에는
간이 콩알 만해진
어른의 눈도 동그랗다
기구 풍선을 타고
하늘을 떠가며 내려다본
할머니의 눈은 살아온 세상만큼
내려다보이는 세계가 아스라하다
모노레일로 여태껏 달려온 아빠는
내려야 할 역이 머지않아 아쉽다

비눗방울

수많은 세계가 공중으로 날아간다
저마다 영롱한 세계가 서로를 비추면서
허공에 춤추다 사라진다
아름다운 세계의 생성과 소멸
휘황한 생멸이 순간으로 빛나건만
아이는 탐착할 근거가 없어
허공을 움켜쥐며 따라간다

내장산

안으로 숨겨진 골에
불타는 단풍이 빛을 뿜으면
그 아래 흐르는 물이
그 빛을 받아 마신다

내장된 비밀은 없어도
신비한 준령의 기운이
드나드는 뭇 생명 감싸 안아
내장산 깊은 골은 잠들지 않는다

무창

창밖의 달은 밝고
나무 사이 별 몇 개 열렸는데
요요한 이 밤은 길기도 하구나
어디 멀리 지나가는 바람이
잠깐 머물고 가는 가지 끝에
작은 별 하나 다시 태어나
언제 본 듯 반짝 윙크하네

구문소에서

물은 쉬지 않고 달리기를 원한다
스스로 내었거나 전설의 용이 뚫었거나
해방의 물은 암벽의 푸른 구멍으로
문을 열었다

어두운 밤 자개루(子開樓)가
탈출하는 물을 내려다본다

어느 시원(始原)이든 그곳엔
위대한 전설이 열리는 법
낙동강은 이렇게 구문소에서 시작한다

이 젖줄에 열린 영남의 뭇 생명
빛을 발한 나라의 동량들이여
푸른 문을 다시 열어 빛의 강이 되소서

명작

음율을 타고 오르내리는 영상
구름 속의 그대가 되었다가
빛의 전령으로 일몰 속에 사라진다
어느 바닷가 아니면 어느 계곡의
빛 밝은 꽃밭에 영상은 켜지고 꺼진다
꿈이 녹아내리다 말고 굳어
그곳에 활짝 열린 세계를 찍어
화지에 옮기니 우와 명작이 나왔네

자코메티에 부처

육체의 껍질을 투시해
영혼을 보려는
알베르토 자코메티의 시선
그 시선 속에는
삶과 죽음이 동시에
걸어가고 있다
골화(骨化)된 본질 속에
거칠게 약동하는 생명력
그의 조각 긴 그림자가
허무를 넘어
저 언덕에 한없이 다가가고 있다

3부

영혼의 도장

영혼의 도장
—영인(靈印)

여기 보이지 않는 한 도장을
영인이라 이름한다
영혼의 도장은 생명의 인감이다
영혼은 시간 위에 날인을 하지만
그 인감은 보이지 않는다
누구도 도용할 수 없는 인감은
지상의 흐름이 순조로울 때
쓰일 일이 없다

금강석은 물체 아닌 물체다
다 타 버린 물체가 아니라
숯처럼 다시 타 버릴 물체가
고압의 밀도를 투명한 시간 위에
남긴 것이다
영혼의 인감은 금강석이다
투명한 영혼이 이를 수 있는
마지막 정수다

괴멸(壞滅)할 몸은 실제가 아니다
실제인 영혼을 육안은 보지 못한다
영혼의 도장은 영안(靈眼)만이 볼 수 있다

영인을 보러 온 수많은 영혼들이
하나의 인감을 본다
자신의 시작과 끝이 함께 찍힌 인감을
이 인감은 세상이 필요로 할 때
그의 전 생애가 된다

영혼의 집

1

나 침상에서 잠들 때 영혼은 따로
영혼이 노니는 집으로 간다
푸른 담장이 쳐진 집 속엔 영혼이
생활하는 모든 가구가 따로 있다
그곳엔 세상을 떠난 세상 사람들이
수시로 드나든다
내가 꿈꾸면 영혼은 활동한다
장면은 수시로 바뀌어
무대는 서로 연결이 안 된다
내가 집으로 돌아올 때 영혼은 숨고 없다
영혼의 집은 찾을 수 없다

2

영혼은 잠자지 않는다
꿈은 육체가 꾸는 것
영혼은 꿈꾸지 않는다
자지도 죽지도 않는 영혼은
홀로 여행하고 있다
누구의 안내도 없이 홀로 여행하고 있다

3
내 몸은
영혼의 여행 중에 빌린 여관
어디로 가는지도 모를 영혼은
이미 여정이 짜여 있다
무슨 모습으로 하루를 묵어갈지
무슨 일을 하려 그곳에 가는지를
그러나 자정의 나는 가끔
그곳의 나를 만난다
수직의 빛이 나를 비출 때

4
가장 멀고도 가까운 영혼의 집은
언제 어떻게 찾아갈지 모른다
그러나 쉬어야 할 때가 오면
모든 것 다 벗어 두고
그곳으로 가리라
빛살로 왔다가 빛살로 가는 그곳
무엇을 이리도 많이 걸치고 있었나
빛살로 만난 사람 빛살로 만난 생명
모두 함께 빛살로 떠나가리라

무술년 세계사에서

해마다 길은 새로 닦여
세계사 가는 길이 환하다
월악산 먼 기운이 아득히 굽어보는 산하
등성이를 행군해 가는 나무들이
하늘을 배경으로 끝없이 가고 있다
잔설이 남은 세계사
미륵부처님은 중수의 큰 집 속에서
사진으로만 나와 계시다
언제나 빛 밝은 시선으로
미래를 바라보시는 혜안
천년 신라가 마의태자와 함께 가고
새 세계가 오기 전 북녘 하늘은
아직도 어두운데
오호라 이 지구별 유별난 반쪽 나라
무술년 황금의 개가 어디서 짖느냐

사인암(舍人岩)

단양 팔경 중 위풍당당 사인암
주벽 옆에 거느린 부벽도
물에 비친 영상도 그만
풍상에 낀 이끼가 본색(本色)보다 곱다
뒤로 숨은 양 벽 사이 작은 암자
사인암 뒤에서 하늘의 기운을 전한다
바위벽 속에서 큰 소리 들린다
고개를 끄덕이며 가는 나그네

태종대에서

태종대에 동백 꽃잎이 떨어지네
절벽 아래 바닷물은 아직 푸른데
주전자 섬 쥐치들은
낚시꾼의 갈고리에 코를 꿰어 오르네
심해의 한 마리 고기만이
떨어지는 꽃잎을 멀리서 보네

백악기의 붉은 단층 위엔
활 쏘던 흔적이 없다
붉은 단층 위에 태종이 쏜 활은
어느 시대 과녁을 뚫고
허공으로 날아갔나

회억

천지가 아득한데
멀리 켜진 불 하나
모든 생명 아울러
그 불빛으로 모여든다
아스라이 떠오른 수많은 얼굴들
생생한 기운으로
바람결에 소곤대네

물의 영혼

죽은 물은 흐려 보이지 않는다
맑아 투명한 몸이 될 때
물의 영혼은 비로소 살아난다

물의 영혼은 날아올라 구름으로 떠가도
언젠가 다시 지상으로 쏟아져 내린다
강과 호수와 바다가 동시에
물의 영혼의 현신이다

투명의 영혼
투명한 사람에 스며
투명한 세상은 죽지 않는다
물의 몸은 투명의 영혼 속에 살아 있다

자화상

―또 다른 나

조용히 앉아 나를 들여다보니
너는 내가 아니다
항상 네가 나인 줄 알았드니
너는 내가 아니다
길을 가며 나를 들여다보니
당신이 바로 나다
그곳에 앉아 나를 내려다보고 있는
당신이 바로 나다
나인 적 없는 내가 당신 앞에 서니
바로 당신이 나였구나

사리탑에서

오솔길 따라 올라 사리탑 앞에 섰네
아직도 초봄의 공기는 찬데
저광의 온도는 따스하네
세간의 광풍이 겨울과 함께 가고
남산 동쪽나라(東國) 큰문이 발아래 있는
이곳은 적멸이네
아무도 찾는 이 없건만
자취 없는 솔바람이 돌고 가네
흐르는 강은 쉼 없이 바다에 이르지만
선생께서 지키고 있는 이곳은
이미 바다를 이루셨네

마지막 얼굴

아름다운 낙조
구름 속에 숨어
더욱 빛난다
네 얼굴 어느 만치
숨겨진 세월 감추고
구름 뒤에서
광휘를 내뿜느냐
눈부실까 봐
그대 불타는 얼굴 감추고
나더러 찾아보라 하느냐
눈부신 마지막 얼굴
찾아보라 하느냐

영혼의 힘

니코스 카잔차키스는
프란체스코를 통해 말한다

영혼은 바다보다 강하고
죽음보다 강하다
영혼은 인간의 육신에서 뛰어나와
허물어져 가는 세상도
지탱할 수 있는 힘이 있다

깨끗하고 정갈한 밝은이의 큰 영혼은
온 행성을 감싸 안고 남는다

석이(石耳)버섯

깊은 산 바위 귀가 된 버섯
세상의 소리 멀리하고
무슨 소리 듣는가

눈 감으면 보이듯이
귀를 닫고 듣는 바위

세상에서 듣지 못한
소리 아닌 소리
듣노라고
귀가 새카맣게 탔네

소꿉놀이

아이들이 소꿉놀이를 한다
너는 임금하고 너는 공주하고
너는 대감하고 너는 포도대장해라
하나씩 붙인 이름 따라 연출이 근사하다

중생놀음 놀이하는 재미가 그렇게도 좋으냐

다 가고 난 빈 마당에 지켜보던 개가 졸고 있다
인간들은 저렇게 노는 것을 참 좋아하나 보다

슈만에게

크라라를 사랑한 슈만의 영혼은
상승(上乘)의 음률(音律)로 날은다
지상의 사랑은 저음에 녹아
첼로의 둔중한 소리에 가라앉았다가
서서히 바이올린의 고음을 타고 천공을 날은다
사랑한 이의 영혼과 하나가 되어
하늘에서 도장을 찍는다
크라라 슈만은 하나의 이름으로 각인되었다

신동 브람스가 뒤따라오며
하늘을 바라보았으나 불행한 사랑은
각인되지 못하였다

손 장갑

원래 동물의 앞발이었던 손은
땅을 떠나 하늘이 되었다
발은 버선과 양말로 통 집이 되었으나
손은 한 가락 한 가락 소중히 집을 지어
들어가게 모셨다
땅은 뭉툭하고 하늘은 허허한 듯 미세해서
손가락마다 인류 문명이 꽃핀 공덕비를
세워도 모자란다
엄지는 최고의 1등이며
둘째와 셋째는 승리의 공로자다
에미와 새끼는 함께 건반을 치지만
그 위계는 엄연히 다르다
가죽이 가죽장갑을 끼고 우쭐대지만
어머니가 떠 주신 털장갑이 정겹다
고마우신 손이여
정다운 손의 옛집이여

발

네 무거운 몸 일으켜 두 발로 지탱하고
얼마나 많이 걷고 뛰었는가
온몸의 지도가 발 속에 있어
너를 만지는 만큼 오장육부가 웃는다
얼굴이 발 속에 들어가고 네 세계가
발 속에 깨어난다
기둥이 된 대들보를 두 발로 받치고
목은 하늘을 향하여 깃발을 세웠다
호모사피엔스 영장의 깃발이여
눈을 들어 하늘을 향할 때
네 앞발은 지상을 떠났다
그러나 다시 돌아와야 하는 운명으로
남은 둘 너는 항상 지상에 반착하고 있구나

4부

무릉계곡에서

둔촌 선생

일자산 끝자락에
이집 둔촌 선생의 작은 암굴이 있네
고려 말 한 정신의 **뼈**대로
암굴에 은둔한 둔촌 선생
그 비문엔 후손에게
〈많은 재물보다 한 권의 경서를 넘겨주라〉
뼈 있는 말씀 새겨 있나니
둔촌동 사람들아
정신이 깨어 있는 사람에게
이 소식 귀띔하면 어떠리

잊혀진 개화

찬란한 햇빛 쏟아지는 창을 향해서
죽은 듯 잊혀진 난 꽃이 피었네
작은 별같이
눈 속에 피는 고귀한 꽃같이
잊혀진 세상 열고 일어나
햇빛과 입맞추는 당신은
세상 어디 숨어 버린
둔촌 선생의 넋이라도 되는가
한 오백 년 전 사라진 왕조의
어느 뿌리에서 다시 태어났는가

무릉계곡에서

두타산 무릉계곡 반석에는
지금도 시 한 수
써 올리는
신선이 내려와
세간의 묵필을 휘두르고 있고

학소대 학은
반석 위에서
내려오는 물소리 맞춰
춤추다 들켜 벌서고 있네

삼화사에서

삼화사 적광전 고요한 빛은
두타산에서 무릉계곡 흐르는
물 위로 내려와
빛나는 구름 사이 헤집고
영험한 바위에 본성을 새긴다

서방정토에서 동방
유리광세계까지
두타산 적광은 아득하여
머리로 헤아릴 수 없다

정동 바닷길

심곡항에서 정동진에 이르는 바닷길
지나는 이의 속을 참 많이 풀어 준다
파도는 쉴 새 없이 바위를 때리며
허공에서 부서지고
검푸른 물속에는 해안으로 진격하는
파도 지휘소가 진치고 있어
물 위 쇠길을 걷는 이를 위협한다

말 많은 세상에 멀리
산 위로 배가 올라갔는데
부채 바위에서 부는 바람은
아랑곳하지 않고 사람들은 그래 하고
모른 척한다

억겁의 한이라도 풀려는 듯
파도에 수없이 난타당한
바위는 눈감고 있건만
지나는 이는 그 속을 알 듯 말 듯
바람처럼 지나간다

아차산^(莪嵯山)

정자에 앉은 도인
조팝나무는 고개 숙이고
이팝나무 흰밥이 하늘에서 쏟아져
고개 꼿꼿한 사리나무
눈치보지 않으려 한다
연두 잎 다투어 봄비 내린 후
골짜기 골짜기 부르는 노래가
도인의 귀에는 들리는 듯 마는 듯

반개^(半開)

왕의 소파
아래 숨은
왕의 얼굴
콧수염의 그림자
한 뼘
그늘이 깊다
드러나지 않는
음모 속에
그는 잠들었다
귀퉁이에 훔쳐보는 눈
졸고 있는 고양이는
반쪽 눈을 뜨고 있다

고령의 비문

고을의 빛이 고개를 넘어올 때
그림자도 따라오는가
주인공은 보이지 않는 옷을 입고
구름처럼 다녀갔건만
거기 어디 그림자 있겠는가
시간 속에 빚어진 모습은 없지만
빛은 부서지지 않는 형태를 빚는다
시간 속에 빛으로 다녀간 이들이여
대가야의 도읍지 고령의 비문이
빛살에 따갑다

미지

그 보아 이곳에 무엇이 있는지
텅 비어 있는 공간에 그 무엇이 있네
바람인가 쏟아지는 꽃잎인가
하늘에 매달린 동그란 열매인가
보이지 않네
움직이지 않는 그대는 이곳에 없네
잘 보아 깊은 우물 속에 무엇이 있는지
구름도 달도 이곳에 없네
동그란 하늘만이 열려 있네

멀대

산죽 나지막한 키에
느닷없이 뒤에선 키 큰 산죽
이를 멀대라 이름하다
키 큰 사람은 싱겁다 한다
짜고 매운맛은 없어도
싱거운 것은 선한 것이다
작은 키를 뒤에서 호위하고 있는
키 큰 멀대는 길에서만 보이는데
외딴 산속 폐사에도 멀대가 있을까
앞사람 햇빛 쐬게 하고
뒤에서 남은 햇빛 쐬는 멀대
세상에 멀대는 싱겁지 않다

청 보리밭

먼지 세상 피할 길 없는
들판의 청 보리밭
마음의 먼지 씻어 줄
청 보리밭 숨결
불어오는 바람이
와 닿지 못하는
이 벽을 넘어
출렁이며 물결치는
청 보리밭 숨소리

은행잎 단상

점점 황금의 나무에 가득한 잎 다 떨어지고
시린 뼈 드러나기 전에 너의 황금빛을 함 속에
저장하고자 너의 전모를 영상에 담는다
배경에 따라 너의 옷은 의미가 달라지고
빛에 따라 너의 황금은 카멜레온같이 변한다
황금을 돌같이 보는 이와
빛바랜 보석에 고개를 돌리는 이는 같지 않다
네가 푸른 하늘을 배경으로 내게 왔을 때
너는 나를 지배했지만
네가 어느 건물을 지키고 있는 모습은
위대한 너를 수문장으로 추락시켰다
눈과 머리가 만들어 낸 모습과 형용이야 어떠하든
하늘에서 내려다보아도 땅 깊이 굳건히 선
너의 황금 모는 나를 반하게 한다
바람이 다 가져가도 나는 네 한 잎을 저장할 것이다
아무도 모르는 내 책갈피 깊은 곳에 숨겨 둘 것이다

주형

달구어지면 녹아내리고
식으면 굳는다
동도 쇠도 그대 마음도
굳기 전에 그대 쓸 수 있는
모양을 만들고 세상을 만드는
대장간이 그래서 생겼다
주형의 틀은 그대 있기 전에
빚어진 것
다시 녹여서 모양 없는 틀을
만드는 그에게 맡긴다

연평해전에 부쳐

검은 구름 붉은 깃발이
삼엄한 바다를 피로 물들인 날
산화한 우리의 용사가
새로 태어났다

윤영하함과
그 아버지 윤두호 명예함장

대한의 아들은 죽지 않는다
연평의 바다가 출렁이는 한

평창 올림픽

다섯 대륙의 동그라미
평창 하늘 위에 영상으로 떴다
얼마나 오랜 시간 세계는 나누어져
달려왔는가
설원의 빙판 위에
세계가 하나되어 펼치는 묘기
설원의 하늘을 덮었네

백두대간의 기운이 서려 있는 이곳에
황금의 개가 또 한 번
세계를 향하여 짖었네

설빙의 공간에 찍힌
인간의 꿈은 장쾌하여라

십이지

사람들은 짓궂다
동물들은 스스로를 알지도 못하는데
열두 신을 만들어
해마다 그를 그해의 띠라한다
쥐 소 범 토끼 용 뱀 말 양 원숭이 닭 개 돼지
사람의 성품 속에
열두 가지 닮은 점 있어
좋은 점 나쁜 점 당신 속에 숨어 있네
미련하고 민첩함
교활하고 양순함
용맹하고 옹졸함이 당신 속에 숨어 있어
좋은 점 신명나게 그해를 꽃피우네
성품이 신이 되고
열두 얼굴의 신이 띠가 되어
신나는 동방의 세월 출렁이며 흘러가네

조물 [造物]

물질화된 형체를 너에게 부여해
너는 만져지는 그 무엇이 되었다
생명을 불어넣는 일은 그다음의 일
너는 한 생각으로 만들어졌고
굳어지고 모양으로 탄생하였다
너를 만들 때 형상 없는 너는 이미 있었다
너를 만들기 전 이미 있던 너는
나의 손을 거쳐 비로소 모양을 나투었다
네가 나를 생각할 수 없는 것은
내가 생각하지 않았을 때
너는 없었기 때문이다
한 생각이 너를 만들었으나
너는 이미 그 이전에 있었다

후광

갈매기가 태평양을 비춘
해를 물었다
그 해의 빛 다리 위를 날으는
머리에 후광이 비쳐
무한의 시간 위에 멈추었다

매화 송

꽃샘추위에도 홍매화 터지는 소리
붉은 바람이 입맞추고 갔다
먼 산에서 음지의 바람이
등성이를 타고 내려왔건만
매화를 다시 입다물게 할 순 없다
홍매화 하늘에 수놓아
눈먼 바람도 보고 간다

덕소에서

벗들과 아름다운 강변길을 걸었네
강물은 반짝이며 햇살 사이로 지나가고
오리와 왜가리는 우리를 사열했네

검단산은 유리 산 되어 아스라이 비치고
예봉산은 모자 벗고 정중하게 인사했네

오 리도 못 가 헤어진 오리고기 먹으며
벗들과 술 한잔에 귀빠진 날이 즐겁네
시간은 강처럼 흘러가건만
벗들의 웃음소리 강물에 찍혀
물소리 새소리로 여기 남겠네

노르웨이 피요르드

푸른빛 빙하의 눈물이
억만년 속 타는 마음속 구멍으로
아무도 모르게 흘러내린다
누가 있어 이 협만에 섞인
빙하의 눈물을 눈치채랴
설산의 빙벽 사이로 폭포는
아랑곳하지 않고 쏟아져 내린다
피요르드는 그 깊은 속내를
말하지 않는다
억만년 눈물이 가라앉은
바닥에는 어떤 심해어가 알고 있을까

빙석

원래 물이었던 그대가
수억만 년 투명의 바위로 착각했다가
이제야 꿈 깨는 소리 조금씩 들린다
흰 구름으로 떠돌다가 북극의 오로라 마시고
눈으로 내려 굳은 빙하의 아들이여
억만년 꿈 한 방울 물로 다시 태어나
그대가 파놓은 물길 따라 흐르는가
돌아온 물의 자식 그대의 회귀가
한 덩이 떠내려가는 빙석으로 사라져 간다

툰드라

자작나무의 마른 신경이
건조한 고지의 하늘을 할퀴는데
한 점도 허용하지 않는 백지로 지워진
등성이엔 설백의 바람만 분다
태초에서 더해진 것도 더 지울 것도 없는
이곳은 누구의 마음인가
어느 등성이에 작은 하늘 뚫려
빙하처럼 푸른빛으로 물들게 한다
설백의 등성이에 한 채의 집
눈 녹은 길도 없고 발자국도 없는데
어디로 통하는 길이 그곳으로 이르나

낯선 꿈을 꾸다

밤낮으로 보던 세상 어디 두고
왜 이리 낯선 꿈을 꿀까
이곳은 어디며 나는 어디 있는가

꿈을 깨면 사라질까
꿈인 줄 어이 알까

꿈은 꿈일 뿐
꿈속의 진실
어이 건질까

어차피 나는 꿈속의 사람
열심히 꿈꿀 수밖에
깨어라 깨어라 하지 마라
이 꿈 깨면 나는 사라져 없다

구름의 소리

구름이 아름다운 날은
하늘에서 소리가 나요

구름에서 나오는 소리는
물소리보다 더 아득하고
세상의 어떤 소리보다 현묘합니다

구름에서 나는 소리는 바로
어릴 적 어머니가 들려주신 소립니다

알함브라의 분수

소리를 연주하는 알함브라의 분수
먼 창문에서 불어오는 바람 실어
살그랑 살그랑 미묘한 소리가 난다

왕들의 귀를 간질이며
먼 산에서부터 예까지 흘러온
세월과 시간의 소리를 연주한다

누가 있어 이 성채 속의 비원에
분수의 연주를 노래하랴
가 버린 시간 속에
새롭게 솟아나는 물의 노래를

엔리케 왕자에 부쳐

유럽의 서쪽 끝 포르투갈의 절벽에서
그의 꿈은 태어났다
더 갈 데 없는 대서양의 수평 넘어
검푸른 구름이 막아섰는데
그 낭떠러지를 뛰어넘을 꿈을 꾸었다
부왕이 일러 준 뜻을 새겨
새로운 길을 열 뜻이 굳었다
그 꿈과 뜻이 단단한 송곳이 되어
대서양에 가로선 벽을 뚫었다
지구가 둥근 진리를 믿어
그는 연옥의 절벽으로 떨어지지 않았다
바다가 길을 내어 줄 때
그는 신념으로 몽상을 넘었다

발칸에서

1

유럽과 아시아가 만나는 지점에서
몇 층의 지층이 역사에 묻혔다
콘스탄티노플, 비잔티움, 이스탄불
형제의 나라 돌궐이 한때의 영광을 펼친 곳
투르카이를 지나 발칸반도를 간다
끝없는 유채꽃 지평의 불가리아
알렉산더의 꿈이 남은 마케도니아
지중해 아드리안 해안에서 꿈꾸는 몬테니그로
검은 바다 흑해에서 떠나온
검은 산 몬테니그로는
일몰의 수평선을 껴안는다
발칸에 부는 바람이 봄을 맞이한다

2

땅 가운데 생긴 바다
검은 바다 흑해는 푸른 호수에 살던
미생물의 죽음으로 그 모래마저 검다
조개껍질 작은 알갱이가 낱낱이 일러 준다
황금색 노을 속에 성곽의 깃발은 펄럭이지만
푸른 꿈의 시간은 비껴 갔다

수평선은 빼앗고 돌려줄 수 없는 것
달마시안 긴 섬들이 해협을 따라
아른한 점박이 꿈을 꾼다
설산이 보이는 산맥을 넘으면서 때아닌
설국이 되어 키 큰 전나무들이 흰 눈을
뒤집어쓰고 어디로 보낼 카드를 끝없이
만들고 있다
겨울 왕국의 성에는 꿈처럼 사라질
한때의 영광을 겹겹이 껴입은 갑옷과 총포가
빈방을 지킨다 서가에 두꺼운 현자의 책이
성군의 무상을 일러 주고 있다

3

다시 불가리아 유채꽃 융단으로 돌아왔다
봄 겨울 봄이 한 발칸 속에 쳇바퀴 돌다니
꿈 아닌 꿈을 꾸었다
황금색 햇빛에 눈부신 새 발칸의 꿈이여

호접몽

허허한 세상에 나비가 된 꿈
누가 무어라 하랴
훌훌 벗어 버리고 지유로이 비상하는 혼
그대가 정말 장자냐
내가 나비라면
이 꿈은 한번쯤 꾸겠거니와
나비가 나라면
또 한세상 어이 다 보낼거나
눈꽃 내리는 봄날에
호랑나비 한 마리
내 방에 왔네

각질

모두 하나씩 제가 만든 각질의 포대를 쓰고
구멍 밖으로 세상을 내다보고 있다
촉각을 세운 달팽이의 여린 뿔은 수없이
들락이며 교신하는 안테나다
소라는 미궁의 끝에 한 발을 묶고 있고
밖으로 기어나온 발은
부딪치는 순간에 튕겨져 들어간다
각질을 만들어 쓴 속에서만 안전하다고
천년을 버틴 거북이 위로 시간이 기어간다
각질이 방패라는 생각 속에
천년이 숨어 있다

귀일

원래 하나이언만
둘이기도 하고
셋이기도 하이
음양은 둘이요 하늘과 땅도 둘
다시 사람까지 셋이네
둘이나 셋이나
하나되어야 열매 맺는 법
원래 하나의 씨에서
둘도 되고 셋도 되었으니

먼동

동산의 그 언덕엔 원래 깃발이 없었다
누가 층계를 만들고 깃발을 꼽았나
깃발을 자랑하던 사람들의 종아리에
회초리가 따갑다
회한의 회초리 성찰의 회초리 평등의 회초리
아픈 상처에 새살이 돋기까지 걸어야 하리
언덕 너머 먼동이 틀 때까지

시인의 작업실